我が人生の言葉

―人生80年の葛藤と生き様―

川杵　謙
KAWAKINE Ken

文芸社

我が人生の言葉　目次

詩集 …… 3
海 …… 4
別れ …… 6
前進 …… 8
波 …… 10
冬は必ず春となる …… 12
勝利 …… 14
一日 …… 16
どん底 …… 18
矛盾 …… 20

意地……22
ノートより……25
第一章　心の財……26
第二章　日々を生きる……34
第三章　人生の心得……47
第四章　世界……60
第五章　命……63
第六章　宗教……66
第七章　その他……69

我が人生の言葉

詩集

海

旅、行く窓から海が見える
　海は何にもいわない
太平洋から打ちよせくる
　白波、荒波、高波
列車は、まっしぐらに走り続ける
　又海が見える、物静かな波
どこへ行くのか、解らない白波
　列車はもう終点だ
あの白波はどこへ流れついただろうか

〈我が人生の言葉〉 詩 集

（昭和43年2月12日 25才）

別れ

短い期間だった友部町
　広大な雑草の中で
我、今別れを告げようとしている
　去った後の雑草は又
新しい芽が出て来る事だろう
　我も、お前も新しい新しい
芽が出て来るまでは
　頑張るのだ、負けてはいけない

（昭和43年4月5日　25才）

〈我が人生の言葉〉 詩　集

前進

今日ほど敗北感を味わったことがない
但《ただ》恋しい、苦しい、侘しい
仕事に負けたかと思うと実に残念無念だ
よし、今日から残業に取りかかろう
他に方法がない、自己の勝利を
得るまでは　やらねばならぬ
これから先色々な苦難の道があるかもしれない
どの様な苦難な道をも踏み越えて
一歩後退　二歩前進ある已《のみ》である

最後までは

（25才）

波

波は静かで、何にも言わぬが
或る時の波は、静かな波、或る時は、荒れ狂う波
　怒濤のごとく荒れる
その波は、あの強固な岩石でさえ
　崩し砂になり
果しなく所へ流れつく
　私は波みたいな人生が好きだ
あの静かな波は、貴女の波
荒波は、私の波、共にして、岩石を崩そう

末長く二人して、砂にした時
未来、永遠の幸福だから

（昭和46年12月30日　28才）

冬は必ず春となる

我二人の前途には、冬の連続みたいな物だ
でも　そこには暖かい春が
待っている事だろう
春の日までは但々、前進する已である
　我二人の夜明までは
あらゆる苦難の道の連続だ
どの様な苦難をも勝って
　前進せねばならぬ
但一歩一歩

最後までは

（25才）

勝利

今日ほど勝利感を感じた事はない
　今日一日の仕事は一歩前進だ
実にうれしい胸が大空に舞上がったみたいだ
　大空、大地は何もいわない
我一人大空に向かって呼んでも何の応答もない
　でも大空は少しづつ
果しない所へ、左、右に前進している
　我も大地で足踏みしてはいられない
栄光の夜明までは

さあ、さあ進め、最後までは

（昭和43年3月1日　25才）

一日

今日一日中空を見た
朝の空は色々な雲が散らばっている
青空一つ見えない雲の空だった
その雲はどこへとなく去って行く
去った後の夕方の空は雲一つない
澄み切った大空が広大に輝いていた
この濁りのない青空はどことなく
消え去って行ってしまった

我も一日が消え去ってどこへ行くのだろう

（昭和43年3月17日　25才）

どん底

私という人間が今日ほど
　みじめで、くだらない人間だと思う
仕事はここ一ヶ月位は手につかない
　一時は仕事に励んでみたが
熱が入らないのだ　どうしても見当たらない
　残念無念だ、初心に帰ろう
今日も又無駄な一日を過してしまった
　毎日毎日続く　いつまでやら
いやな感じで　いたしかたない

明日も又　今日の一日が待っている
なぜこう、仕事が手につかないのだろうか
相変らず毎日毎日無駄な日ばかり暮している
私はもう世の中がつまらなくなって来た
青空はその点いいなあ――
お前はどんなにつらくても、必ず空にいるのだ
雨が降っても、雪が降って、嵐が吹いても
又、青空に悠々としているから幸福だ

（昭和43年4月25日　25才）

矛盾

矛盾とは何かと考える時に
　辞書を引くと
前後が一致しないことと書かれている
　この世に生まれた時から
常に矛盾だらけの世の中である
　矛盾の中から批判も生まれ
その批判に押し流されることもあり
　押される矛盾には、矛盾として通る
逆に押し返す矛盾は

矛盾でなく、その人に必要とされ
矛盾でなくして通る
そこに又矛盾が繰り返されていく

（昭和47年10月5日　29才）

意地

意地で生きる
　意地で信じた　意地で結婚する
意地で権力と戦う　意地で考える
意地で読書に励む
　意地で今日の仕事に頑張る
意地で人を愛しない
　意地で絶対的幸福をつかむ
意地で生き続ける、意地で今日も戦う

（昭和47年2月12日　29才）

ノートより

我が人生の言葉

第一章　心の財

一億残すより、一億の人に勇気、希望を
　あたえて、あげたい我心

（平成20年4月）

人間の不仲は欲望から生まれたから無欲の心が必要である
今日から行くぞ
　大空へ向かって、はばたくぞ！
今日も一日　健やかに、楽しい一日を過ごす事ぞ！
その人の持ち味は言葉で決まる

〈我が人生の言葉〉　ノートより

一億の心の財とは三つある、信、動、証である
信とは、自分を信じ、信念をまげず
　枝葉のように柔軟に対応する
動とは、動く、戦う、人と人の意見、行動を良く見る
　その中から、その人の人間性を見定める
証とは、人の言葉を正しく認識をし
　自分、自心の生き方を証明する

人間の真実とは、言葉で語る真心である
　嘘の真実は自分、自身の胸に治めよ

（平成12年7月）

今日の出逢いを大切にし、又明日への糧にすべしか

（65才）

天空より、舞いおりた我命
人の為、世の為、地の為に燃ゆるべし

（平成9年10月　某会社にて）

今日の幸福、今日の感謝、今日の謙虚さ
明日へと飛び立ち、白鳥の如く果てしなく続く

（平成25年7月26日）

怒りは敵、我慢は宝なり

（75才）

人に依っては、金持程、人の気持を理解しない
貧乏人程、人の気持を理解するようだ

金、持ちたりて、心の貧乏、直しかたれず
はかなしはかなし

（77才）

人間の心のせまさに嘆くばかり
お金には限度があるが、心のお金は無制限である、心のお金を持つべし
金持でも、心の貧乏な人がわんさと居る
はかなしはかなし

人間　歳と共に変貌する人、委縮する人

依怙地になる人、何かに挑戦する人
人に生まれた以上は死ぬ迄は
　自分の意志を貫徹しよう
（76才）

この世にたくさんの宝がある、お金、宝石、絵画等、他にもたくさんある
最後に誰にでも受容出来る宝がある
読書です、読書は目に見えぬ広大な宝である
（79才）

信の友情とは、お互いに恩を大切に
　守り通す事にあらざるや

人の心、性格、生き方、なぜに変る事なしか
成長、変化は肥しが必要だ
肥しは、色々ある、全ての肥しの今日から蒔き始め事ぞ

お金は重宝であり、お金程大切なものはない
しかれど、お金より大切なものを知った時
　初めて人間学の第一歩の始まりかな！

死んで、花と咲くより
　生きて咲くべし
死んで、咲く花、又強し

（80才）

酒、飲みて、反省する事あるべしあるべし
反省反省　今度こそ、気をつけるぞ、はかなしはかなし

お金は使えば、無くなる、心のお金の貯蓄は無限に貯えが出来る
　死ぬ迄心の貯金をする事ぞ

心良い言葉は癒やされ、励みになる
悪い言葉は、心が傷つき、悲しい思いがする
したがって、言葉の暴力は、慎しむべきか

仲間の対話の中から

因果応報、積善、余殃
人が見ても、見てなくても、天、地、自、知る為に
　自粛せねばならぬ事ぞ

心の革命は無制限である
　皆なで、心の革命に挑戦すべきかな

今日の事は今日までにやる
　今日という日は明日ない
だから厳しい一日であるぞ

（20才）

第二章　日々を生きる

悟り開きて　天空に幸あり
感謝の気持ちで幸、来たり
死は一瞬なり、死は今にあり
　死は永遠なり
今日の終りは、明日の始まりは
　今日にあり

（71才）

〈我が人生の言葉〉　ノートより

現在より未来へ羽ばたけ
　最後に自分の姿を築くのだ
（平成24年8月8日）

全ての行いは、天、地、自、知るぞ
今日よりも未来へ大志をいだけ
（67才）

酒、飲みて、反省と苦しみ　後悔の繰返し
　ああ　はかなしはかなし
（66才）

明日から酒、飲めど、飲まれる事なかれ

これぞ、明日挑戦かな

（平成21年5月23日）

酒が理性をくるわす　我人生かな

（66才）

酔いが醒めれば反省、反省
夜、眠れぬ、はかなしはかなし
これ又我人生かな

（66才）

今日一日、感謝の心で、力一杯頑張るぞ
今日の苦労は未来の糧なり

夕日と友に燃ゆる我命

（平成20年5月13日）

我人生に時間がない　但《ただ》残り少ない人生に賭ける

（65才）

今日の出逢いは明日への活力にすべし
対話が雪どけの始まりかな

（平成20年5月17日）

今日一日の中に意味あり
今日の暮しの中にも意味あり
日々の戦いにも意味あり

今日、明日、あさっても、生ある限り意味あり
この世に咲く花、紅花、ゆり花、バラ花、けしの花

（平成29年9月）

今日も終り、又明日の夜明けが来る
　今日一日を反省とし又、明日へ向かって頑張ろう
人間とは戦って死ぬ事はない
今日の言葉の発言を大切にしよう
我人生、日々反省ある已《のみ》はかなしはかなし
人に勝つ事なかれ、自己に勝て
道は路だが、人生の道も未知である
我、日本人は何をなすべきか

毎日が自分との戦いである、それは、自分の甘えに勝つか、負けるか
いや唯々、無死無限の物の考え方をすれば、明日も又幸福が待っている
それすなわち、幸、不幸も我已の考え方一つである
　我人生宣言する
　　人の為世の為自分の全てをかける
　　　生命ある限り
今日という日を社員一同大切にしよう
今日の反省、明日の発展なり
無心の心とは何か、現実なり
　現実の心とは素直な心なり
今日の事は全て忘れろ、明日の事だけを考えよ

毎日、明日は何をするのか、何をなしとげるのか
常に、その日、又明日の仕事を施策する事
　それが未来の栄光に続くから
勝つ事は知ってても負ける事は知らない人になるべし
世界に一人我心に賛同する人が居た
　この世の感動の一瞬だ
　その人の持ち味は
　　言葉で決まる
今日の友は明日の敵
　今日の敵は明日の友
仕事、新たな気持で再出発
　天も喜ぶ、にわか雨
志しを立てるに遅い事はない

（65才）

人生の全ての満足は、この世に存在しないようで存在している
したがって存在とは日々の充実で日々に感謝し強く生きることだろう
（昭和47年8月3日）

瞬時、暮改で今日も翔《かけ》る
　今日の生命に感謝し、日々、前進する已

上を見ても、きりがない、下を見てもきりがない
　但、現実を見て一歩前進ある已

その人の持ち味は言葉で決まる

今日の事は今日までやる
　今日という日は、明日ではない
だから厳しい一日であるぞ
（20才）

形ある物は必ず崩壊する
　生ある者も死と一定である
だからこそ、今日一日が大切に思う
今日一日生命に感謝すべきである
（69才）

忍耐とは字のごとく

耐え忍ぶことである
我人生、途上においても、最後迄、耐え忍ぶ事ぞ

今日の言葉
今日も病院通いも終ったが、又明日もある
残念無念だ一日も早く、通わぬ日が来る事を望むなり

（昭和44年10月10日　27才）

人生の生き方は未来、永劫に続く為に
今日を大切に生きる

読書、新聞を読破する事は教養を高め
人生行路である

職人とは、10年の歳月が基本で　その後に第一歩の職人芸が始まる

人を見て進め、人を見て成長しろ
人を見て話せ、人を見て一歩進む

今日も、自分が力のないことに反省し思索するが
現実は思うように行かぬ為に今日も考える

（昭和47年4月14日　29才）

明日の未来がある事を信じ今日一日に
悔いのない一日を過ごす

（昭和47年4月15日）

今日は何の為の一日を過ごした人生は
　非常に虚しい

（昭和47年4月16日）

今日の出発の言葉
今日に賭ける、今日は人の心を掴む
今日に燃ゆる、今日は、思索する
今日に生きる、今日に堪え忍ぶ
今日に感謝する
今日に堪え忍ぶ　今日を有意義に過ごす
今日を有意義に過ごす

（昭和47年3月25日）

今日は凡てを忘れ
明日に向かって走る

（昭和47年4月5日）

第三章　人生の心得

自分、自身に勝つ事ならば、この世は天国だ

人の上に人は立たず、人に下にも人は立たず
下万民平等なり
（平成21年5月）

進むことなかれ、退く事なかれ
縦横へ一歩進め
（71才）

花と咲くより踏まれて生きる麦の心が好き

この世に生まれて、我心に賛同する人が一人居た、我ながらに感動する

（50才）

人知れぬ人よ、忘れがたき人よ
今夜、語り合う　我心

志は老も若きもあるべきか

（71才）

志は老も若きも天に向かって昇りたまえ

花の命は短きなれど
　この世に咲く花、我一輪なり
（平成26年5月）

ストレスとは人間の逃げ言葉かな
（71才）

巨大なる楠木、魅力ある楠木、この世を俯瞰し続ける楠木、我も見習いたい！
陰で人の悪口を言わない
人を誉める事大切なり
即ち我に帰す
（72才）

人から支配される事なかれ
　自由奔放に生きろ

人間の要素
①ハングリー　　空腹、飢え（ハングリーな精神）
②ビジョン　　　視覚　幻影　未来像　将来展望　見通し　長期的なビジョン
③バイタリティー　活力、生気　活気　バイタリティーあふれる人
　3つの基本の繰り返し
発想の転換を人生の糧とす

（平成24年9月20日）

素直な心の人は尊敬される
　ポジティブの人は視野が広い

今日に強く生きる人は悟りの境地なり
（73才）

志を立てるに、老いも、若きもない
今日一日の志を立てよ、今日一日が未来・栄光の道であるからだ
（65才）

人生の道は、ある時は天国である、ある時は地獄である
それをのり越える事が人間の道なりけりか
（平成20年3月27日）

人生の全ては、欲望に限度がない
限度がないゆえに、成長があり

限度がある時に惰性となり成長がない

（昭和47年8月28日　29才）

反省から、人生の始まりかな
　反省から明日への出発なり
　反省から明日への治力なり

現実の大切さを知り未来へ向って
前進ある已

（76才）

人間の性格、性分、なかなか直らぬ
　なぜ！　体験、経験が足りぬから

死ぬ迄、直らぬ、はかなしはかなし
直る道があるとしたら、その道の達人たちの話を良く聞き、解釈する事かな

革命は若者の特権なり
　冷静・沈着に物事を判断すべし

毎日の反省から一歩一歩前進ある巳

経験と体験に劣る者はない

この世の中に馬鹿はいない　努力次第です
馬鹿が直る薬があるとすれば
処方箋の一つ、素直な心になる事

一つ、毎日新聞を良く読破する事
一つ、本を毎月3冊は読む事
一つ、常に何かを追究する事

人の上に人は立たず
　人の下にも人　立たず
それ、すなわち、人　皆平等なり

天地無双の天界を目指す
天地、敬心、我心なり

幸、不幸、一日のつみかさねの連続である
したがって一日の行いが大切である

自分、自身の一日の行動は常に、天、地、自、洞察している

人間は未来永劫に続く為に今日一日大切なり

人生生涯　勉強
人生生涯　挑戦
人生生涯　寛大
仕事には必ず逃げ道が必要ですが
人間にも逃げ道があるとすれば
それは、己心のトビラ　持つべきかな！
トビラとは読書からのヒント
尊敬する友のアドバイス
自然のおきてに有り

唯物、唯心、共に歩むべし

4人揃えば　健康マージャン
4人集えば　皆なで乾杯

人間の重さには、計りしれない程の開きがある
しかし人間に、見る、聞く、素直さがあれば無限大に広がって行く

己の行ないは、天、地、自、知る
　だから悪行はすべきでない
　　最後に天罰が下るからだ

人として生まれて感謝
日本で生まれて感謝
家族愛に生まれて感謝
良き友人、良き恩人にめぐりあえた事に感謝

この世の人生として大切な心得
　第一に健康
　第二に経済力
　第三に人間学

人それぞれ、苦労がある
人に語られぬ　苦もある
苦労こそ、人生の宝である

〈我が人生の言葉〉ノートより

人生ニュートラルから足りるを知る者は賢者なり
　足りるを知らぬ者愚者なり
人生ニュートラルから上を見れば、不幸、不満、愚痴ばかり
人生ニュートラルから下を見れば感謝、感激
したがって、常に自分、自身をニュートラルにし上を見たり下を見たり
考え、感謝と向上心を保ちたい

（79才）

（79才）

自己中は業が深い
　アル中は酒を断てば正気に戻る

（76才）

正月に海外にいくのも大いに結構
日本で静かに思索し、読書し、散歩して暮らすのも結構
要はいかに価値ある正月を過ごし価値ある青春を送るかである
それは、その人の人生をいかに歩むかという人生観によるものである

（20才）

我　死すとも
人間の平等は永遠に生き続けるだろう

（23才）

第四章　世界

金で買えない親孝行する事
　金で買えない、仕事をする事、営業の第一歩である
金で買えない政治を治める、政治家の出現を望む

人は人の上に立たず、皆平等なり
　即ち人は人の間を保つべし

（平成21年5月25日）

この世に生きる、生きざまは

〈我が人生の言葉〉　ノートより

生きざまを覚るは人間の道なり

弱き人をいびるより、強き人と戦ってこそ
　この世の人の道かな

（平成3年　某会社にて）

聞かない、譲らないは、紛争のもと

（平成25年6月14日）

令和元年
　令和時代の始まりは
　　頭脳革命なりか

（76才）

世界、地球規模での
俯瞰にたって物事を対処すべし

（78才）

第五章　命

正論は常に個人の見解にあり

人の命とは、はかなくも変革する事なく
死していく物、はかなしはかなし

人は死ぬ迄
前途多難
喜怒哀楽

（77才）

不撓不屈
報恩、感謝

（80才）

最後の一言
令和5年12月
下咽頭ガンと宣告される

令和6年1月
ガン、ステージ4と宣告される
放射線治療　20日始まる
食欲なし、味覚なし体重14kg痩せる

（81才）

自分の死は自分自身で悟りを開いて死ぬ事

（81才）

入院から思い
妻が病院から、洗濯物を置き替えて
杖をつきながらトボ、トボと帰る姿に
涙が止まらぬ

（81才）

妻は強い偉大だ、感謝すべし
尊敬すべし、大切にすべきだ
現在、ガンとの戦いを受け挑戦し命つきる迄まっとうする事ぞ

（81才）

第六章　宗教

宗教に思う

神や仏は、この世に存在しないかな
　神や仏は自分自身の生命にあり

宗教とは人生の指標とするものであっても
　固定概念とするものではない
宗教とは人生の指針でもあり、哲学でもあるかな

（72才）

則ち、神、仏は自分自身の胸中にあり
宗教には、地獄と天国ありか
仏とは無限大の心ありか
神、仏は我胸中におわしする為に
幸、不幸も自分が　悟るべしかな

（79才）

人生には悟りが必要であるが
　人間の悟りがあるとすれば、神、仏、宗教かな

家族、家庭に思う

女性と妻とは、同じ女性であっても違う
女性には、女性の良さがあり
妻には妻の尊さがあり、母には母の偉大さがある

（30才）

第七章　その他

疾風のごとく走る新幹線
　俺も走る　良き人生を
（67才）

友の死、我れに帰す
悔いなき一日を過ごすべし
（1月8日　75才）

友人　58才死す

馬鹿は死ななきゃ治らない
変人も死ななきゃ治らない
自己中も死ななきゃ治らない

（平成28年1月25日）

我今日誕生日
　今日のここ迄の命、但、反省ある已
今後自分自身に勝つ為にも、心強くなるぞ

人間とは、間を取って人という、又、人間とは支える人がいて人という

（73才）

我人生、この世儚し、膝交えて語る人少なし

（70才）

今日から我人生の集大成の戦いの一歩である
　今日の決意は焦らず、但々前進あるのみ

（平成24年2月11日）

人間の偉大さとは、暗記力、想像力、実行力、頭脳
　いや違う　人間力だ
人間とは、字のごとく人の間を取って人と言う

（平成25年6月20日）

聞く事と引く事で雪どけの始まりかな

（平成25年7月1日）

人は常に俯瞰の上に立つべし

（平成25年2月12日）

人生ドラマを開くは
我、胸中を開くなり

（65才）

実践のない交際は虚無に過ぎぬぞ

（昭和47年8月8日　29才）

年頭の初めの言葉

この年は負けまい、恐れても、白雪の王者のごとく富士の如く

寒風に烈風を思いきり受けながら毅然として、立ち向う事
真の勝利は、勇気と執念の連続によって得られる
見栄を捨て外聞を捨て、体当りで栄光の道を切り拓いて行く事ぞ

人間とは、人の間の間で人間となる

我人生も集大成の出発であるぞ
第一の人生は終った。それは20代だった
　色々な経験をした人生であった
第二の人生は経験を生かした人生の幕開けだ

（昭和47年10月10日）

飲む酒よ飲まるるな我心
花と咲くより踏まれて生きる
　麦の心が、俺は好き

（昭和46年5月3日　28才）

進め、進むことなかれ
　退りぞくことなかれ
縦横に進め

（昭和47年8月10日）

仲立の解決策として、潮が満ち引くごとく
　引く事かな

上の目線で物事を判断する人は、人を軽蔑侮辱する傾向がある
下の目線で物事を判断する人は、人を冷静沈着に見る目がある
（77才）

自分の現実を忘れず常に上と下を見定めて
日々感謝の気持で暮らす事かな
（79才）

久し振りに逢った人との対話の中から
　人は、姿、形、変われじ
　　性格、魂迄変われじか
（79才）

反省点から

人を批判、侮辱、愚弄する場合には穏に根拠を示しながら、注意して話す事

（80才）

金と権力には、抗えないが

不間の不条理に対しては、天・地から、皆、平等に判決が下る

（79才）

怒濤の如く流れ落ちる滝の音

　これ又、我人生かな

（袋田の滝を見て　令和5年2月2日　80才）

一度咲いた花をもう一度咲かそうよ

咲くも、咲かぬも、我胸中の一点なり
（某会社にて　45才）

馬鹿は死んでも直らない
即ち、馬鹿は死んでも、馬鹿である
（73才）

今日は自分の力のないことに反省、思索するが
現実は思うように行かぬ事が残念である

凡ての人に接し対話する時に常に一歩退き、説得する身によって、その人
人格が向上するだろう

今日の私の言葉

運というやつは、持つものでなく
　奪い取るものであるぞ

（昭和44年9月22日　26才）

仕事とは何か

人間であるならば、義務であり、人生において鉄則である

（26才）

某会社の常務の一言

君の考え方に同調、理解する者は我社には一人もいない、
なかなか、見つからないだろう、私は君の考え方が好きだ

（50才）

某会社に嫌疑をかけられ、憤慨した事

権力とは何かと問いたい
欲望のかたまりだ、そこにはそう、人間性をはなれたあくなき人間だ
あくなき人間をば、誰が作ったかと考える、それ、即ち、権力だ
俺は権力を倒す、倒す事によって、人間社会の夜明かな
俺の命は、命がけで、戦う事だ
　他に方法は何もない、やるのだ、やりとおすのだ

今日も雨が降る、明日は雪が降りそうだ
雪が降る、風がふく、強くふく、又雨が降る
私も、晴れない、十年後に必ず晴れにするから

（29才）

今日も力一杯頑張るのだ
（29才）

人間とは頭の戦争だ
音楽は心のやすらぎだ
花の美の集結だ
（23才）

この世に妻は一人しかいない
一人しかいない妻を生涯守らなければいけない
絶対幸福にしてあげたい、そこには苦闘の連続かもしれない、
苦労が重なる事により幸福も増すことだろう思うと
苦労は辛抱する已である

（30才）

我家に初孫が来る
遠い空から飛んで来る、我家は忙しい
帰除、料理、部屋飾りと
　初孫体験

親への憎しみも、悲しみも、ポジティブに捉え、人生前進ある已

家族、家庭

兄弟の死
　夏季の峠を越せるか、蝉の声
今日の命は永遠なり
天からあたえられた命が未来永劫に続く限り、今日一日が大切なり

つばさ広げ飛び立て孫達

姑は、嫁、婿の話しに賛否なかれ
　但、賛成ある巳

（73才）

著者プロフィール
川杵　謙（かわきね　けん）

本名：弓 俊明
昭和18年１月２日生まれ　長崎県大村市にて出生

令和５年12月、下咽頭がんステージ４と診断される。
80年の越し方を振り返り何かを残したいと、20代より書き留めた日記、その時々の思いを本にしたいと決意。文芸社との出会いを経て、出版に向け準備中の令和６年７月28日死去。

我が人生の言葉　—人生80年の葛藤と生き様—

2025年１月15日　初版第１刷発行

著　者　川杵 謙
発行者　瓜谷 綱延
発行所　株式会社文芸社
〒160-0022 東京都新宿区新宿１－10－１
電話 03-5369-3060（代表）
03-5369-2299（販売）

印刷所　株式会社晃陽社

ISBN978-4-286-25942-0